ZUI
Zestful Unique Ideal
最世文化
Shanghai ZUI co.,Ltd

独立主题摄影文集

ZUI Silence

Zestful Unique Ideal

II

爱·别·离

郭敬明
主编

爱别离

文 / 郭敬明

你在什么情况下会觉得人类是万物之灵?

当人类设计出比自己还要先进的人工智能，当量子力学从另一个角度阐述这个诡谲无解的世界，当人类的视线渗透进微观世界，当人类的思维放大到宇宙的尺度。很多时候，你会觉得人类极其强大。

然而，人类的肉体却又极其脆弱。当地球上的树木可以存活几百上千年时，人类的平均寿命依然停留在两位数。和人类改造世界的力量比起来，人类改造自己肉体的力量显得那么渺小而无力。

但，人类更脆弱的却是我们的灵魂，我们的思绪，我们的情感。我们不能选择自己的出生、贫穷或者富足；我们也无法预见短短一生里会遭遇什么天灾人祸。我们在有限的生命里，体会着无尽的爱的狂喜，分离的伤痛，求而不得的怨恨，得而复失的怅然。我们在喜悦中迎接新生儿的延续，在悲痛里目送亲人的衰老与死亡。

然后，一代又一代的我们，从千万条不同的人生路径，殊途同归或早或晚地走向同一个终点——死亡。人们的情感累积成浩瀚的文明，也因此，相比起这地球上别的生命，我们拥有了与之差别的情感之核，我们从万物之一，变为了万物之灵。却也因为这些情感，我们需要感受比它们强烈数万倍的生命浓度。

在我还是少年的时候，我认为爱是自然而然便会的事情，是人的本能，以为一旦遇到那以唯一的形式存在的“对”的爱，就自然而然会一直持续到死亡。就像一旦你的心跳开始，就不会停止，一旦呼吸开始，就不会休眠，直到死亡把你从所有人记忆的坐标轴上轻轻擦去。

那么别离呢？别离需要学习吗？学习如何在一段感情已然消散的时刻挥手告别，学习对渐渐枯萎的玫瑰说一声再见。学会对青春的逝去心怀怅然但平静接受，学会对远去的爱人说一句前路珍重，有幸相逢。人们惧怕分离，因为某种程度上，那是告别曾经一部分的自己。可是，天地万物，都逃不过时间。它带着一种怜悯的恨意，平静地切割着人与人，人与物的羁绊和联系。你摔碎了一个杯子，你对着地上的碎片说一声对不起，满地的碎片，不会重新恢复为那个杯子。

你可曾想过，世界尽头，只有你一人漫步行走?

你可曾想过，汪洋大海，只有你一叶扁舟?

你可曾想过，当全世界的大雨，落在你一个人的心头，当四季的风，都吹不进你孤独的胸口。

然后，就等待着死亡，将我们分开。

曾经一部电影里说，人的一生，要死去三次。第一次，当你的心跳停止，呼吸消逝，你在生物学上被宣告了死亡；第二次，当你下葬，人们穿着黑衣出席你的葬礼，他们宣告，你在这个社会上不复存在，你从人际关系网里消逝，你悄然离去；而第三次死亡，是这个世界上最后一个记得你的人，把你忘记，于是，你就真正地死去。整个宇宙都将不再和你有关。

最终，我们都能，也都要接受，爱，别，离。

文案

陈奕潞
012~112

李茜
116~187

目录
CONTENTS

MESSI
10

· Family ·

时间盗走一切。盗走指尖风。盗走树荫沙鸣。
盗走阳光。盗走你对我的爱。

齿轮上紧，我以为属于我的命运轨线，最后证明只是游乐场里的一场喧闹骗局。
主宰命运的售票员轻轻颠转手中沙漏，你温柔的目光就如同细沙般从我的胸口流逝了。

我在岸边等一艘开往过去的渡轮，你们站在我的身边与我一起等待。
然而你们从来都没有对我说过，我们等的不是同一班船。你们藏起了票根，
像遁去的日光一样隐匿了自己的爱和无奈。

向过去看，我从来看不见你的童年。
你小时候牙牙学语的样子，你初中爱过什么人？向前看，我亦看不见我的苍老未来。
我只能从你掌心的皱纹裂隙，感知这世界时间的河流，它将我们分隔两岸。

你总说长大后。你眼里写着担忧，世界的爱恨情仇染薄了发色，但仍措辞温柔。
你说你小的时候这里是一家糖果店，那里有一棵醋栗树。
你喃喃自语，不期待我懂。

他们建了无数的公园，然后把小动物们都藏起来，把糖果都藏起来，把云霄飞车都藏起来。
你带着我去森林里冒险，你说你是我的飞机，是我的木马，是我专属的小熊。
我拍拍你的头，嫌弃你没有半圆形的耳朵。

我们能去哪里呢？我们最终会去哪里呢？
去往我童年的尽头，你青年的末尾，我的阳光和你的暗。
在你大笑着带我向前冲的时候，其实你早就知道这比赛你会先到终点。你无赖。

和平争吵的午后，把杯子里的奶昔洒在彼此身上之后，妈妈让我们把头盔戴好。
你一面瞪着我，一面把画着你最喜欢的钢铁侠的那顶让给我。
你眼神轻蔑不屑，手指却温柔。

有时候我看街上那些甜蜜的人，就像是看着过去自己的投影。
我分享着他们清澈鲜艳的喜悦，想起你在我身边的时候，一切都安静平和起来，
像是我们小时候露宿公园，松涛声中的夏梦。

我也有害怕而又不敢面对的事情。
阴郁的早上醒来，熟悉的街道也变得陌生而狰狞，
街上的一切看起来都像是滑稽而又冰冷的猛兽。
然后你握紧了我的手，口气像是去杀恶龙的英雄。
“抓紧了，要出发了哦。”

我要春天的奇迹，我要夏天的无畏，我要秋天的花果满坠，我要冬天雪花落在舌尖的咸味。
我要狩猎一整个宇宙里的怪物野兽妖魔和机器人反派。
我要你看着我，看着我成为和你一样优秀的人。

你说你永远不会离开我；你说你精通这世界一切关于疗伤的魔法；
你说你知道如何让记忆不脱落；你说你会把我失去的一切都带回来给我。
但你自己却迷了路，消失在我成年后的每时每刻。你是个Liar。

我说我要走靠近车道的路，因为这样能看见镜头。
你说OK，OK，然后一面低头，一面紧紧握住我的手。
我说我要吃掉全部蛋糕，连同Jack的份也要。你说OK，OK，然后小心翼翼地带我转过街角。
那时候我并不知道你心里的担忧。

我总是想着要飞快飞快地变大。
像河马那样大，像大象那么大，像蓝鲸那么大，像恐龙……你说Stop it。
我就只能缩回我小小的壳，继续做小小的我。
其实我只是想长大以后，你就可以变成小孩，让我带你四处冒险，像你带我做的一样。

有时候我觉得在这个巨大的世界，只要神轻吹一口气，我们就都消失了，像泡沫一样。

我见过无数奇迹的海，但最温柔的那一片，永远在我心底。

我说我十二岁了，我不要坐旋转木马，那是小孩子玩的。
你说坐一次嘛，拜托了。我后来才知道外公从来不让你坐旋转木马。
你笑起来的样子很像我，有一瞬间，我以为你变成了我。

太妃糖太甜了。妈妈和姐姐们一直在拍照，拍个没完。
太阳也太大太讨厌。我们到底为什么要出来玩呢？
你说我们来玩深呼吸不眨眼的游戏吧，输的人要被对面的小丑吃掉。
我摸着你的喉结，心想我赢定了。

我一直很担心妈妈会掉下来，她太紧张了，那匹马也跑得有点快。
但是她一直在我身边说“It's ok”，用力抓着我的裙子。
她已经那么大了，应该早已习惯了不停旋转的人生，为什么还是像个小孩。

爸爸在镜头那边说“看我Jack”。我觉得囧爆了。
Kevin把头扭到一边：“再坚持一下就好了，马上就到终点了。”
我问他为什么要选最高的长颈鹿。“是你说你喜欢非洲的啊。”他振振有词地说。

我想到最多的回忆还是在海边。
我们在堤坝边上的草地里冒险，我们可以假装自己看不见，也听不见，假装我们回到了中世纪，那边有一座城堡，城堡里有一个王子在等我，而你可以假扮成巫师或者九头龙……
“再过十分钟就要回去吃午饭咯。”“……哦。”

“我们死后会变成树吗？” “也许吧。”
“会变成小鸟吗？” “也许吧。”
“会变成松鼠吗？” “也许吧。”
“我们还会在一起吗？” “也许吧。”

“我要是没有了车，没有了房，银行卡里没有一分钱，你还会嫁给我吗？”
“像过去那样？”
“像现在这样？”
“应该会吧。约定好了，不是吗？”

世界像是长满了齿轮发条螺丝螺母发动机的巨大怪兽，我们在它身上跳来跳去。
我问你船和房子的区别是什么。
你说它们都是家，因为我们在一起。

后来许多年之后我都会记起那时的海边。
深冬的海像是带着白色斑点的青色玻璃，天空遥远，11月像是永远不会结束。
你在沙地上画飞鸟与高楼，然后写我的名字。“这是你。”

“我是佐罗的爸爸。” “我是佐罗。”
“我守护世界和平。” “我守护我爸爸。”

大人的世界的一切都比我们更高一点。
自行车、汽车、售货柜台、玻璃门把手……他们把一切关起来，镶上玻璃罩，不让我们碰。
但他们不知道统治地球的其实是我们。他们不知道，主宰他们爱的一切的人是我们。
这是个秘密。

我要想一下才能回答你的问题。你问我，我爱他还是爱你更多一点。
我要笑着，小心地抱着你的胳膊，小心地朝前走，这样眼泪才不会滑落眼角。
你八十岁头发花白的时候还愿意拉着我的手叫我Sweetheart。你也愿意为我松开你的手。
想到这里我就又笑起来，眼泪落在裙子上。你说：“怪我咯？”

我与这个美丽而又有无限可能的世界只隔着一道屏障，那就是你。
因为有了你我不能夜夜Party；因为有了你不能天天坐着飞机飞来飞去；
因为有了你我不能潜入深海，到沉船和人鱼聚集的地方去。
你是我身上灼伤的疤痕，是我穿破洞的鞋子，是我生命里所有守望的痛与甜蜜与爱。

我只不过睡了一个下午，睁开眼的时候，世界就不一样了。
我有了自己的冲浪板，自己的小孩，自己的皱纹。
我忽然变得和你一样老，二十七岁。
而那个抱着我把我扔到海水里的你到哪里去了？

Alex Hartley
Lucy Skaer
Martin Creed
Johan
Close-Up
Willie Doherty
Claire Barclay Openwide
Childish Things
Jean-Marc Bustamante
Dead Calm
Martin Creed
Work No. 1059
Ingrid Calame

· Friend ·

我有时候会担心你不在后我该怎么办。
我要习惯一个人煮饭，一个人逛街，一个人开门，进入漆黑安静的房间。
我会回到十七岁，那时候我们还没有在一起，我还没有看见你琥珀色的眼睛，一笑起来微微翘起的左边眉角。我想着这些，你忽然拉紧我的手，笑起来微微翘起的眉角。“看，海鸥。”

在过去总等你回家的渡口，我穿着你的大衣，静静地等了一个下午。
开过来的小船上站着两个人，像是过去的你和我。
他们问我旅店开门了吗？我说开啦。他们哈哈大笑。
于是我也笑着，把脸埋到你送我的围巾里。

和你在一起的时间，总是安静沉默的。有时候我会害怕你，虽然我从不会说。
我看见时间在你脸上的痕迹，怀疑自己将来会不会也变得像你。
更多的时候我盯着你垂钓的那片海面，担心自己将来变得不像你。

那些千年的建筑在夏天也依旧散发着甜丝丝的凉气。
像是活了一千年的巨鸟一样张开羽翼把我们笼罩在它的阴影里。
我看着手指间纵横陨逝的众多时间，后悔没有抓紧。
想和你在一起更久的时间。想带你穿越一切障壁。想。

我猜会有那样的时刻，我想你的时候，你也在思念着我。
虽然更多的时候我们分享一切坦白一切，但我也想要这样的时刻。
我们和浮云和飞鸟和深海里的鲸一样是沉静的。
我们一言不发，但也无话不说。

我小的时候你总是告诉我我有多渺小。那边的海你穿越不了。
海那边的城市你抵达不了。海岸上最小的岩石也比我巨大。
我狠狠地把沙子扬在你脸上。你抱起我说："抱歉。可是你将来会变得很棒很伟大。
只是我喜欢你这么小，希望你永远这么小。"

只要灯亮起来，整个院子看起来就都不一样了。
然后音乐响起，人群聚拢过来，他们谈笑说话，分享我们的茶和食物。
我想和他们讲我们所有的故事，我们的冒险，我们的挫败和我们的欢乐与悲伤。
但后来我只是给他们续了热水，换了首活泼的爵士乐。

我们两个人当中，你是笑容更多的那一个。
不和你在一起的时候，我看起来像是另一个人。
然后是变化，是魔法，是某种可以让人交换灵魂的法术，我变成了笑得更多的那一个。

四个年轻人中的一个要去加尔各答。其他人就静静微笑着看着她。她问他们要不要听她唱首她小时候的歌。她的头发还没有发白，眼睛闪亮，像是永远不会病痛衰老一样。

人总是要分别的，路和阶梯通往不同的方向，她耐心地和他们说着这一切。男孩子笑着看她，女孩子则开始放空发呆。我在离他们很远的地方，想我们过去的时光。

我知道唱完那首歌后他们再也不会相见，然而命运和时间的管理人对我做噤声的手势，于是我只能选择沉默。

·Love·

小时候你告诉我那些花的名字。
你教我所有颜色，教我他们意大利语的发音和念法，
教我如何分辨那些看起来相似实则不同的水果。

女孩们总是为了你而争吵不休，像是蜂鸟可以在一瞬间识
别出最丰沛甜美的花卉，她们都会在第一眼识别出你。
但你选择了我。我问你为什么。
你说我是你一生一次的阳光。

光和暗都消磨了太多时间。信仰和赌咒也是，人群和荒漠也是，静默和喧嚣也是。
它们像是飞虫和锈迹一样腐蚀我，让我不能单独和你在一起。
如果命运不曾这样苛刻，我们是不是就不会这样抓紧所有的每分每秒。
我闭上眼，觉得怀抱空虚而可笑。

成年后我们都成了和小时候的自己截然不同的陌生人。
这样偶尔在街上相遇却能瞬间识别出彼此。
就像是未结茧之前成为朋友的毛毛虫，在若干年的午后飞舞着相认一样。
你还好吗？我很好。你呢？

他们说在瀑布轰隆隆的喧嚣里说什么都听不见。
说爱你，说我想念你，说过去那么多年的时间，我一直凝望着我们共度的那些时间，
任凭岁月嘲笑疏离。我说来说去，还是算了。
我抓紧你，在轰隆隆的人世间抓住了唯一的氧气。

“人对奇迹和神的信仰是一座桥型的轨迹。小时候，成年，老弱的时候。
两端无比清晰，中间大段的空白，像是完全无视了这世界残酷的一面。三十岁的我以为自己可以承受一切欺骗背叛，承受诋毁中伤和黑暗中邪祟的暗算。
我漏算了时间，直到它从我身边盗走了我所有的爱和陪伴。”

“所以你相信神吗？”

“不。我只是相信我们还会再次相遇。”

太阳能融化这世界一切夏天。
我想不起照片上你的表情，只记得你眼睛里的眷恋和天真，
像是日光一样融化了我生命里所有的暗。

“记得电话联络。” “嗯。”
“记得喂小狗。” “嗯。”
“记得想我。” “嗯。”

我们这样下去会感冒的吧。
但是想到可以一起喝茶、打针、抱着暖水袋在床上看电视，就忍不住开心起来。

多年前种的花，直到今年才开得最清楚明白。
“但我们还有很多时间可以浪费。”你说。

“如果我选择的方向和你不一样呢？如果我们从未相识呢？” “我会先找到你。”

“如果没有在暴雨里狂奔过。你还会不会喜欢晴天？”

我还是会记得。记得你曾经说过的那些话。
尽管当时，我并不知道，它们对我来说，会有多重要。

你说你会一直照料我，直到我义无反顾地选择背弃或觉醒或恨咒或幡然转爱。

你说无论贫穷或疾病，晴天或雨天，都不会与我分离。

你说这一切的时候认真而简单，像是十四岁的小男孩。

你的言语像是天空尽头的一束光。我听见心脏变成蔷薇，绽开的声音。

I loved you

Pushkin

I loved you; and perhaps I love you still,
The flame, perhaps, is not extinguished; yet
It burns so quietly within my soul,
No longer should you feel distressed by it.
Silently and hopelessly I loved you,
At times too jealous and at times too shy.
God grant you find another who will love you
As tenderly and truthfully as I.

我们小的时候世界看起来浅薄透明。喜欢和在一起也理所当然。

我们长大后，看见了山脉和河川。我们搏击过也输过，但相爱不曾变难。

我们换掉了花裙子和背带裤，我们学会把自己塞进大人的套装里面，
但我们仍然拥有属于我们自己的宇宙。

长江文艺出版社有限公司北京图书中心·上海最世文化发展有限公司出品

北京长江新世纪文化传媒有限公司总发行

名人励志

书名	作者	定价	书名	作者	定价
我遇到你	敬一丹	39.80元	臭爸爸	田亮	39.80元
姥爷	蒋雯丽	34.80元	宿命：孤独张艺谋	周晓枫	42.00元
虚实之间	芮成钢	32.00元	我把青春献给你（新版）	冯小刚	26.00元
幸福了吗?	白岩松	29.00元	如果 爱（新版）	冯远征 梁丹妮	26.00元
痛并快乐着	白岩松	29.00元	两生花	沈星	22.00元
幸福深处	宋丹丹	22.00元	墨迹	曾子墨	22.00元

名家名作

书名	作者	定价	书名	作者	定价
大故宫	阎崇年	32.80元	文明的远歌	熊召政	28.00元
大故宫2	阎崇年	32.80元	狼烟北平	都梁	30.00元
大故宫3	阎崇年	36.80元	亮剑（新版）	都梁	38.00元
我不是潘金莲	刘震云	29.80元	血色浪漫（新版）	都梁	38.00元
温故一九四二	刘震云	29.00元	荣宝斋	都梁	36.00元
一句顶一万句	刘震云	29.00元	雪冷血热（上）	张正隆	40.00元
我叫刘跃进（精装）	刘震云	29.80元	雪冷血热（下）	张正隆	40.00元
一地鸡毛（精装）	刘震云	32.80元	大帅府	黄世明	28.00元
手机（精装）	刘震云	25.00元	大帅府2	黄世明	32.00元
床畔	严歌苓	35.00元	朝花夕拾	鲁迅	12.00元
清明上河图	宋方金	39.00元	呐喊	鲁迅	14.00元
突破缅北的鹰	萨苏	39.80元	明星狼	王为民	36.00元
穿“动物园”的女编辑	赵赵	29.80元	沉默基因	黄序	32.00元
狼图腾	姜戎	32.00元	沉默细胞	黄序	36.00元
重返狼群	李微漪	35.00元	等风来	鲍鲸鲸	32.00元
六个脚印，走着瞧	六六	36.00元	宅女侦探桂香	伍臻祥	36.00元
半句实话	六六	32.00元	摸鱼者	曹建伟	39.80元
宝贝	六六	32.00元	虚症病人	曹建伟	39.80元
女不强大天不容	六六	33.00元	灰商	曹建伟	39.80元
丫头儿	赵赵	36.00元	刘亚洲文集	刘亚洲	460.00元

实用指导

书名	作者	定价	书名	作者	定价
你吃对了吗?	于康	33.00元	长大不容易	卢勤	28.00元
好孩子：三分天注定，七分靠教育	洪兰	32.00元	生命沉思录3	曲黎敏	36.00元
身体的妙药	程凯	35.00元	美女都是狠角色	李筱懿	39.00元

长江文艺出版社有限公司北京图书中心·上海最世文化发展有限公司出品

北京长江新世纪文化传媒有限公司总发行

青春文学

书名	作者	定价
悲伤逆流成河（新版）	郭敬明	25.00元
幻城	郭敬明	23.00元
夏至未至	郭敬明	26.80元
小时代1.0折纸时代（修订本）	郭敬明	32.80元
小时代2.0虚铜时代（修订本）	郭敬明	29.80元
小时代3.0刺金时代（修订本）	郭敬明	35.80元
灵魂尽头——小时代电影全记录Ⅲ	郭敬明	39.80元
临界·爵迹Ⅰ	郭敬明	19.80元
临界·爵迹Ⅱ	郭敬明	22.80元
爵迹·燃魂书	郭敬明	18.80元
愿风裁尘	郭敬明	36.80元
守岁白驹	郭敬明	28.80元
怀石逾沙	郭敬明	28.80元
我只能短暂地陪你一辈子	郭敬明	42.80元
故乡，或者城市	郭敬明	38.80元
下一站·济州岛	郭敬明等	29.80元
下一站·神奈川	郭敬明等	26.80元
下一站·台北	郭敬明等	29.80元
下一站·吉隆坡	郭敬明等	29.80元
下一站·伦敦	郭敬明、萧凯茵等	26.80元
下一站·法国南部	郭敬明等	29.80元
下一站·那不勒斯	郭敬明等	32.80元
下一站·哥本哈根	落落、安东尼等	32.80元
这些 都是你给我的爱Ⅱ·云治	安东尼	24.80元
这些 都是你给我的爱云治	安东尼	32.80元
红——陪安东尼度过漫长岁月Ⅰ	安东尼	28.80元
橙——陪安东尼度过漫长岁月Ⅱ	安东尼	28.80元
黄——陪安东尼度过漫长岁月Ⅲ	安东尼	28.80元
尔本	安东尼	46.80元
西决（新版）	笛安	34.80元
东霓（新版）	笛安	26.80元
南音（新版）	笛安	38.80元
告别天堂（新版）	笛安	29.00元
南方有令秧	笛安	34.80元
不朽	落落	22.00元
须臾	落落	24.80元
尘埃星球（新版）	落落	22.80元
千秋	落落	28.80元
万象	落落	39.00元
剩者为王Ⅰ/Ⅱ	落落	25.00元
19	落落	38.80元
有生之年	落落	58.00元
天鹅·永夜	恒殊	29.80元
十字弓·玫瑰之刃	恒殊	24.80元
十字弓·背叛者月	恒殊	24.80元
十字弓·亡者归来	恒殊	24.80元
160 170 180	陈晨	26.80元
浮世德（新版）	陈晨	26.80元
约克公园	陈晨	26.80元
你在世界的每一处	陈晨	32.80元
2037化学笔记	陈奕潞	26.80元
过去的，最好的	刘麦加	26.80元
未来病史	陈楸帆	26.80元
时间之墟	宝树	29.80元
你看见我男朋友了吗?	曹小优	24.80元
琉言·第一条	琉玄	29.80元
宅不宅之暴走香港	琉玄	22.80元
宅不宅之玩转东京	琉玄	22.80元
北京人在北京	琉玄	26.80元
相爱的人要相爱	疏星	24.80元
任凭这空虚沸腾（新版）	王小立	24.80元
这一天，给你的歌	王小立	28.80元
直到最后一句（新版）	卢丽莉	26.80元
我在梦见你	卢丽莉	22.80元
爱要说，爱要作	包晓琳	26.80元
爱情是一座荒芜的花圃	张喵喵	22.80元
刺我一个吻	黄伟康	26.80元
与雨日肇事的爱	黄伟康	26.80元
伪人2075·意识重组	迟卉	26.80元
恶忆	毛植平	26.80元
燃烧的男孩（新版）	李枫	26.80元
没有故乡的我·和我们	李茜	26.80元
一生的笔	天宫雁	26.80元
白色群像（新版）	肖以默	26.80元
深深	肖以默	26.80元
家住南塘路	野象小姐	24.80元
单声列车	吴忠全	26.80元
再没什么比生命更寂寥	吴忠全	26.80元
等路人	吴忠全	26.80元
我们没有在一起	吴忠全	26.80元
比梦想更重要的是	孙梦洁	28.80元
吹笛者与开膛手	程婧波 孙十七	36.80元
用尽柔情	解学功	24.80元
一世安宁	张瑞	26.80元
掠食城市Ⅰ：致命引擎	菲利普·瑞弗	29.80元
掠食城市Ⅱ：罪孽赏金	菲利普·瑞弗	29.80元
掠食城市Ⅲ：邪恶装置	菲利普·瑞弗	29.80元
掠食城市Ⅳ：黑暗平原	菲利普·瑞弗	36.80元
天蝎骑赛	玛姬·斯蒂瓦特	29.80元
我们就是世界	Pano	32.80元
明天见	Pano	36.80元
刚好有你在	夏正正	39.00元

原创漫画

书名	作者	定价
青春白恼会（1）/（6）	千靥 爱礼丝 阿敏	10.00元
青春白恼会（7）（8）	千靥 爱礼丝 阿敏	12.80元
小时代1.5青木时代（1）/（4）	郭敬明	14.80元
小时代2.5锋银时代VOL.2/VOL.4	郭敬明	14.80元
爵迹囧格	郭敬明	22.80元
下垂眼	王小立	10.00元
下垂眼.VOL2	王小立	14.80元
下垂眼.VOL3	王小立	16.80元
艾莎的森林（上/下）	张晶	16.80元
梅兰芳卷一梅之卷	林莹	16.80元
梅兰芳卷二兰之卷	林莹	16.80元
梅兰芳卷三-竹之卷	郭敬明	14.80元
梅兰芳外传-再见梅兰芳	林莹	16.80元
N.世界（新版）	年年/郭敬明	45.00元
暖墟	年年	49.00元
爵	王浣	58.80元
赐夜织典	王浣	48.80元
依灯半言	王浣	58.80元
纯禽史：辞职前我都干了些什么	叶阐	24.80元
纯禽史：爱不作会死	叶阐	26.80元
纯禽史：是窘女啊！	叶阐	26.80元
封神RELOAD（1）（2）（3）	阿明 阿莹	16.80元
夏项	SHEL	42.80元
风色四叶草	SHEL	45.00元
二秃子！不许笑！（1）（2）	漠漠	29.80元
二秃子！不许笑！（3）（4）（5）	漠漠	32.80元

期刊

书名	作者	定价
最小说	郭敬明	16.80元
文艺风赏	笛安	16.80元
文艺风象	落落	16.80元

你知道我从来不曾放弃你。就像你从来不曾放弃我一样。

有许多童话和寓言都讲到亚当和夏娃。
我从前以为那是和我们无关的严肃指南。

后来你让我相信，让我相信我们本来就是一体的。
我熟悉你的心跳，像是熟悉自己的呼吸。

我在梦里见过深渊里开放层叠的飞雪和樱花。
我梦见焰火燃尽，千年前的你和我站在原地恋恋不舍。

如果有前世来生，你会住在哪里，长什么样子。
那个时空里的你会不会再次遇到我，轻声问我的名字？

出生之后，就是一路洗刷，上色，漂白，浸染。善恶美丑。正反负正。
只是遇到你，又回到无知纯白，骨骼柔软的初始状态。

在忐忑、怀疑。不知道自己该怎样才能坦然地正确地活着的时候。
想想你就会一瞬间所有勇气充满了胸膛。

所有的飞鸟里我最喜欢黑色。所有的颜色里我最喜欢猫。
所有的数字里我最喜欢玫瑰。所有的百叶窗里我最喜欢6月。
所有的光阴里面，我最喜欢你。

我听见钟声听见宾客欢笑。
我的鞋子略微地不合脚，有一根睫毛也不听话地戳着眼角。然而这又能怎样呢。
我们要在一起了。

他们问我：“你知道吗？有十万分之一的机会你们会相遇，剩下的那些九九九九……
你们都不会在一起。”

如果地震火灾疾病小行星撞地球……都在这十万分之一的机会里，
那么我还是会选择遇见你。

你说你有很多坏习惯。
你看书的时候喜欢啃指甲。你喜欢用手抓头发。
你看电视的时候总是喜欢换来换去。

我给你讲你好的一面。
比如你说话的声音有多么好听，你眼睛在阳光下有多么好看，
你吻我的时候有多么地认真。

这条街知道所有关于我们的秘密。
我们撒过的谎，我们偷偷拿了别人餐桌的啤酒，我们打碎了老奶奶家的玻璃。
我们第一次牵手，我们最后一次像朋友那样拥抱。

总有一天你会带我逃离这个城市。你说。
你会带我去森林里的古堡，到冰川雪原，到没有人只有灰狼和狮子的荒野。
你说的都是你想去的地方。

“所以你不喜欢森林不喜欢冰川也不喜欢狮子？” “嗯。”
“你喜欢海和帆船？” “也还好。”
“那你到底想去哪里？”

“我只是不想离开你。”

但这句话像是咒语，时间与信望的神祇警告着我，让我说不出口。

总有一天你会知道吧。
知道在那些永恒不变而又俗套的誓言垒砌之间，在我所有甜蜜幼稚的喃喃自语之间，
镌刻的是我对你的爱。

后来云层变得苍老，土壤变得稀薄，
地面干裂，河流和海洋消失，
鲸鱼和蝴蝶都从世人眼里消失不见。

如果有天我们也能幸运地活到很老很老。
我希望你忘记我们所有的故事。

忘记我们最初的相遇；
忘记你带我在佛罗伦萨躲雨；
忘记我们在深夜跑过的山丘；
忘记我们在高速公路上搭的那辆卡车。

我希望你忘记一切，耳聋目盲，声音喑哑。
我希望你站在年幼的人群中不辨方向，却依然记得我。

我要剥去你所有斑驳的甲壳，丢掉你所有光环和负担，
只要你记得我。

我抓着名叫“大人”的气球，我不会松手。所以你只要做回你自己就好。

AC 53 792

人们在一起久了之后就会渐渐变得相似。

Souvenirs

同享了太多记忆之后，表情、动作、声音甚至眼角皱纹的纹路都会变得相同。

看着相同的故事，听着同样的音乐，讲着同样的笑话，在同样平淡而又飞逝的时光里老去。

我曾经觉得你是世界上最有趣的人了，每天都令我惊奇。
直到有一天，我学会了你所有的玩笑和把戏。

我渐渐变成了你。
这转化可怕、彻底、无声无息，而又平凡甜蜜。

我愿意和你分享所有医生禁止我们吃的零食。
愿意和你一起再做回小孩子。
我愿意陪你排队等最新上映的电影，
送你新鲜玫瑰，
像你曾经为我做的一样。
我爱你。

新鲜每1天
请依次排队
FANG

· Leave ·

我们相遇在命运的十字路口，或并肩而行，或相隔而望，
不管怎样，我们看见了对方，眼望眼，
彼时我们还不知晓，彼此会进入对方的生命轨迹。

后来，我们相识了，我们相知，最终相爱。
有时候这爱来得如狂风骤雨，有时候这爱百转千回，姗姗来迟，
但无论如何，我们相爱了，从此的时日不再踽踽独行。

以为这样一起走下去就是你我的命运，
却忘记了，分别，也是命运终将谱写的一曲。

我们相爱了。
我们最终分离。

路口的红灯亮起，我停下脚步，
在稀稀落落的行人中，在夜色里，
小心翼翼地想起你。

还记得那个晴朗午后，还记得街头演唱的流浪歌手，
甚至他嗓音中木纹一般质地的沙哑都回想得起，
却偏偏，忘记了那时，在我身边的你，说了怎样的话。

一个人的生活，仿佛定格成某种眺望的姿态。
站在城市高处远远地看着脚下匍匐的屋顶，
或者树荫下独自看着远方来往的小小的人群。

有时候也会望着阴沉的无人的海，或是树丛间落单的昆虫，
其实不为寻找些什么，只是因为与你分离之后，不再有人令我近距离凝视，
所以习惯了眺望，眺望远方。

LOXAM
RENTAL

太孤独时会与自己玩一个游戏，戴上耳机听音乐，低头走十步，抬头看眼前。
出发时恰好听到*The Rose*，低头看，是很久没有清理过的旧报纸，
纸张上承载的旧日时光，蒙了尘。

低头走十步，抬头看眼前。
拖着行李箱的旅人，在街道的尽头，
不知是归途，还是新的启程。

不知不觉间，视线里经过一顶顶银色头发，
也许这是个属于老年人的时间段。

这个城市里，他们端庄而闲散地生活着，与旧友闲谈。

或与爱人携手相行。

一个人采购食物。

一个人穿梭街巷。

我想，此前的时日，我大约太过依赖于你了吧。
否则，为何看着一张张青春逝去的面孔从容地应对一个人的生活时，
我却像初见世面一般一一记下。

这个自己与自己玩的游戏，
却让我得以更细致地观察别人的生活，
成双结对或者形单影只，不同的状态，不同的心情。

PHOTO / 胡小西

PHOTO / 胡小西

ZUI Silence Zestful Unique Ideal 爱·别·离
郭敬明 主编

非卖品 随书附赠

ZUI Silence Zestful Unique Ideal 爱·别·离
郭敬明 主编

非卖品 随书附赠

PHOTO / Fredie.L

PHOTO / Fredie.L

ZUI Silence Zestful Unique Ideal 爱·别·离
郭敬明 主编

非卖品 随书附赠

ZUI Silence Zestful Unique Ideal 爱·别·离
郭敬明 主编

非卖品 随书附赠

PHOTO / Fredie.L

PHOTO / Fredie.L

ZUI Silence Zestful Unique Ideal 爱·别·离
郭敬明 主编

非卖品 随书附赠

ZUI Silence Zestful Unique Ideal 爱·别·离
郭敬明 主编

非卖品 随书附赠

PHOTO / 胡小西

PHOTO / 胡小西

ZUI Silence Zestful Unique Ideal 爱·别·离
郭敬明 主编

非卖品 随书附赠

ZUI Silence Zestful Unique Ideal 爱·别·离
郭敬明 主编

非卖品 随书附赠

PHOTO / Fredie L

PHOTO / 胡小西

ZUI Silence Zestful Unique Ideal 爱·别·离
郭敬明 主编

非卖品 随书附赠

ZUI Silence Zestful Unique Ideal 爱·别·离
郭敬明 主编

非卖品 随书附赠

PHOTO / 宇华

PHOTO / 宇华

ZUI Silence Zestful Unique Ideal 爱·别·离
郭敬明 主编

非卖品 随书附赠

ZUI Silence Zestful Unique Ideal 爱·别·离
郭敬明 主编

非卖品 随书附赠

此刻，我的心情，是蓝色的。
晴空下海水一般的蓝色。

坐在岸边，信手涂画只有自己看得懂的字句和图形。
如若我有才能，大约也会写下几句诗，折叠在日记本中，等未来的自己发现。

未来，未来是什么样呢。看着眼前一个个出现又消失的老人，我不禁想，当我老了，那样的未来，是什么样子。

老去的我依然会像此时一样独自穿梭于街道吗？

老去的我依然一个人回家，那个没有人等待我的家吗？

我渐渐意识到，在我对未来的幻想里，已经不再有你的身影了。

你就这样停在了来时的路上，

像一个指路牌，仅仅标识着我曾经从哪里来，去往了哪个方向。

仅仅这样而已了。

我想，时间再久一些，我走得再远一些，

这个标识也会因为距离而越来越看不清楚，

若我转几个弯，迟早，你在我生命中刻下的标识，也会消失不见。

起初，对于这样既定的未来，我是抗拒的。
准确地说，是害怕。

没有了你的指引和陪伴，前路茫茫，我将往何处去，
我是否走得到自己想要的目的地，我的目的地是哪里……
许许多多，都不知道。

但后来，我想我最终明白，没有你，风景还是风景，若我有心，仍可静静欣赏。

我想我会独自去往很多地方，走过很多路，看过许多风景，
身边有没有人，都没关系。

太过孤单时，也许我会考虑养一只宠物，
与它做不离不弃的伙伴，度过接下来的日子。

偶尔，也许会再次途经和你在一起时看过的风景，
不过那时，已经物是人非。

心中或许会有一声缓慢的慨叹，
但，也就仅此而已了。

释然。是这个词吧，我想，对于你，对于我们的分离，我释然了。

我已可以坦然地面对一个人的生活，
也不会再经由什么景象引发无尽的混乱感伤的回忆。
这是成长吧，我想。

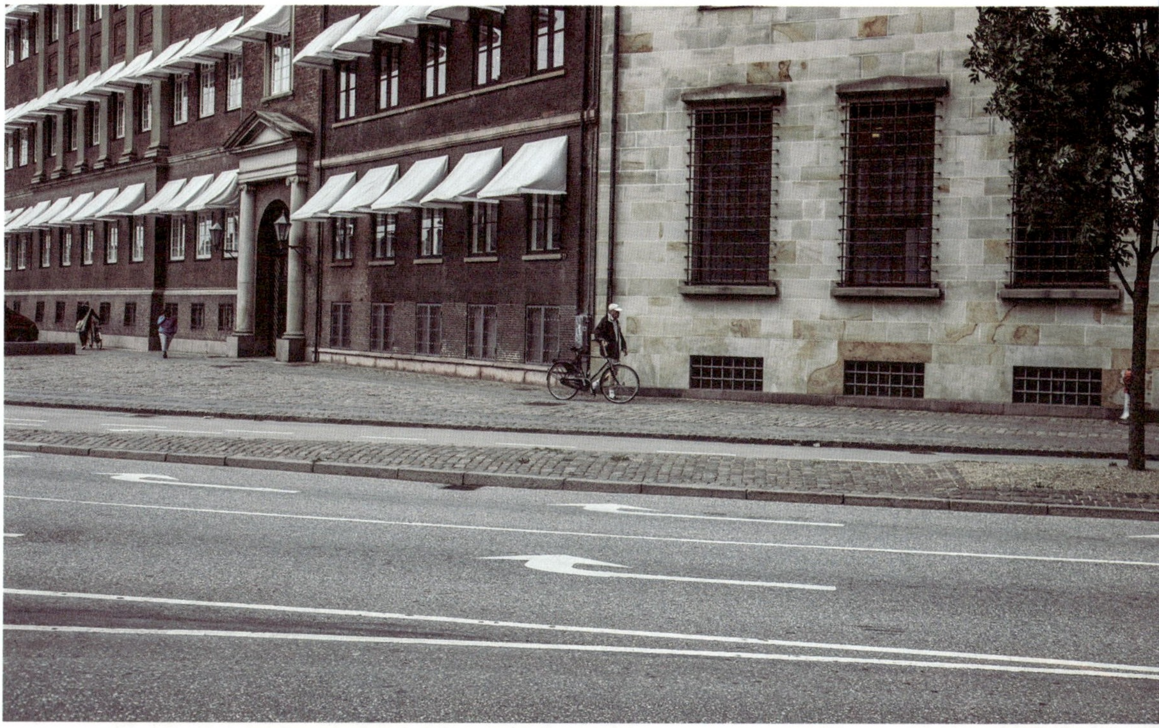

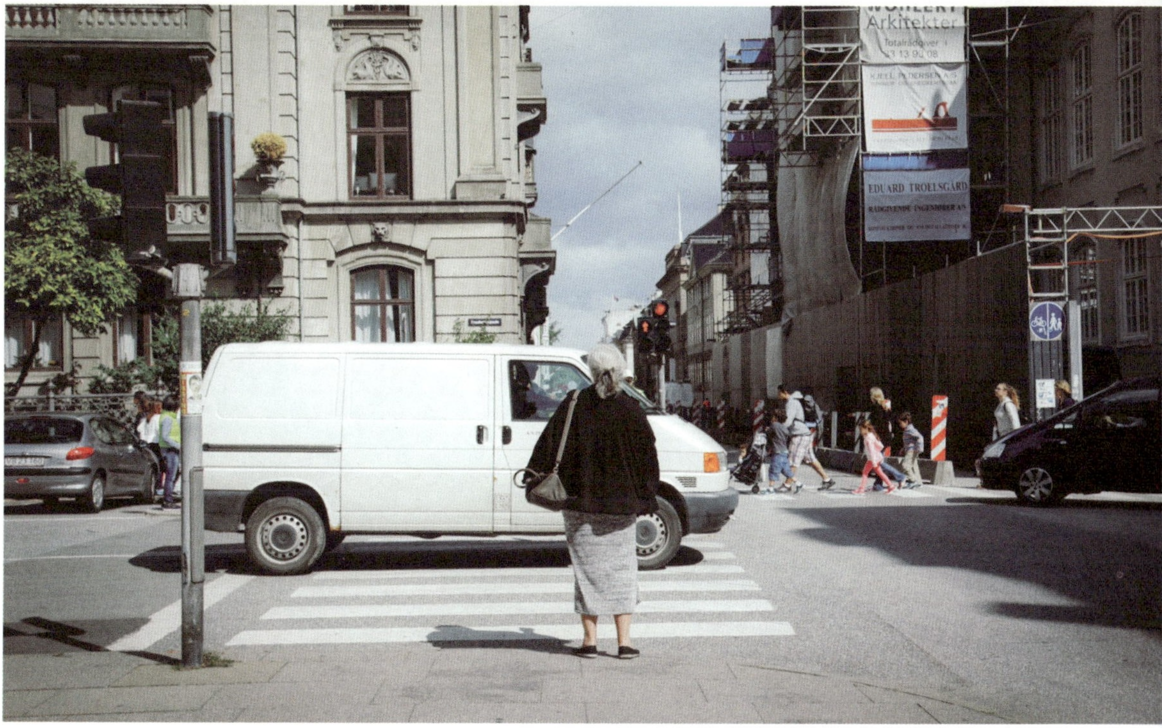
Arkitekter
EDUARD TROELSGÅRD

我当然还会相信爱，甚至比之前更坚定。

同时也不再那么惧怕孤独，我可与自己做伴。

在不起眼的地方发现美。

精心对待每一日平凡的生活。

di Capri

最终，最终，泛舟而去，垂垂老矣。

那时的我回忆现在的自己，或者更久之前的我和你，又是怎样的光景呢？

是否如阅读旧日报纸一般，
津津有味，回忆连篇？

或者如观望橱窗里精美的摆设，犹如隔雾看花？

又或者如美术馆看画，过去的种种，好的坏的，都装裱成了画作，供自己欣赏？

但我想，
最终，那些岁月，
都成长为了参天大树，
是我心中的风景。

我们都将走向终途，我们都在走向终途。

那个目的地，也许是未知的地方。

也许，就是终日重复的前往家的归途。

也许，路边的一次休憩也会成为某种意义上的原点。

最终，
年老的我们会看着橱窗中陈设起来的青春岁月，
做最后的道别。

FAMILLE
RAYNAUD-ROUGE
FAMILLE
ORCINS
SEMPERE
Antoinette SEMPERE
1894 - 1976
Salvador SEMPERE
1894 - 1980
510

原来，这才是命运。
何其不同，又何其相似的命运。
曾经的同行，曾经的分离，曾经的心动，曾经的感伤，都通向共同的终点，死亡。
但我不再恐惧，无论是对于你的离去，还是那终有一天的尽头。

8
7

7
FAMILLE

一次别离，一次成长。

当我的灵魂离开身体之际，我会欣慰于自己的释然，

欣慰于自己勇敢地拥抱起那些甜蜜或苦涩的记忆，

仿佛感受到不散的温暖一般，

进入永恒的长眠。

一次别离，一次成长。

仍然感谢命运的路口曾遇见你，仍然感谢曾同行做伴。

你于我是生命中的一支烛火，烧灼过我，也照亮了我。

再见。

珍重。

夜莺在伯克利广场歌唱

A Nightingale sang in Berkeley Square

文 / 恒殊

时间是六年前一个初冬的傍晚，地点是位于伦敦梅菲尔区的伯克利广场。头顶彩灯如织，树叶沙沙作响，我爱的那个男孩单膝跪地，为手足无措的我戴上了一枚戒指。

那枚戒指既不是爱情的开始，更不是爱情的终结。只是一个微妙的、奇异的瞬间，闪烁在那个充满魔力的夜晚。相识九年，相恋七年，婚姻五年——我们有过很多这样的瞬间。它们就好像钻石一样在记忆中熠熠生辉。

他们说感情中最重要是门当户对；他们说背景的差异无法调节。我不屑一顾。

他们说激烈的感情总是燃烧太快；他们说真正的感情应该平淡如水。我嗤之以鼻。

事实上，我和P从一开始就是完全不同的两个人。无论家境、学历、职业、生活环境与习惯，甚至连国籍都截然不同。最初我们几乎没有共同的朋友，我们各自的成长经历也完全没有任何相通之处。初始见面我小心翼翼步步为营，刻意保持安全间距，然而不久之后，当我们义无反顾携手陷入爱河，所有先前的顾忌和疑惑全部烟消云散。

P外形出众，温柔体贴，家中姐弟五人，家庭和睦。而这就是我所需要的全部。当然还要加上一点，这个男孩爱我爱到发狂。

我不再需要其他的了。

很多年以前，当我还独自住在肯特郡的时候，一个小我很多岁的男孩曾经哀伤地问我，如果我的生活已经被完全排满，那么我把他放到哪里。我一时语塞。在此之前我从未认真想过这个问题。我独立、自由，正在依照少年时代的梦想过着我想要的生活。我自我规划的人生充实而富足。我当然有过男朋友，有很多，但我和每一个人交往的时间都很短暂。我无法为他们打乱我现有的生活，而他们也同样不能为我做出牺牲。

但或许是我终于承认自己确实羡慕那些圣诞节有“家”可去的同龄女孩；又或许我只是厌倦了一刻不停地往前奔跑，想找个借口偷懒。总而言之，P的到来是一个惊喜。就在那个圣诞节之前，我们确定了情侣关系。

那个时候我每周五下午都要去他的咖啡店等他下班。有的时候他动作很快，但有时候也要等待一整个下午。如果我带了笔记本电脑或者一本书，我就会专注于自己的事情。但如果我忘记了，恰巧又赶上他不得不加班的时候，等待的时间就会变得无比漫长且难熬。

我至今清楚地记得，一个下午闭店之后我对他大吼，那整个下午我什么都没有做。而他只是微笑着对我说："你在生活。"

借着玻璃窗外明媚的午后阳光，我看着在City金融城工作的银行家和律师们西装笔挺，穿着千篇一律的黑色呢子大衣在豪华建筑之间穿梭；而时髦的发型师则三五成群，在高级沙龙门口享受他们的cigarette break；糕点师带着高帽在柜台后忙活，灵巧的手指在刚出炉的纸杯蛋糕上挤出各色奶油花饰；还有刚刚从利物浦街火车站上下车的旅客们，行色匆匆，拖着沉重的行李走过拥挤的大街。

你在生活。P对我说。

那一瞬间，醍醐灌顶。

我的理想是在头脑中建造的一座浮在云端的白色城堡。一直以来，我都在朝着那个方向一刻不停地奔跑。我早已忘记了享受沿途中的风景，甚至忘记了建造那座城堡的初衷。我只知道，那就是我的目标，而我有朝一日要到达它。我把阻碍自己前进的一切都当作是敌人，所以我没有位置留给当年那些曾经爱过我的男孩。

而P的出现让我终于明白，其实并没有人在阻碍我前进。快速奔跑并不能使我更快地达到我的目的，而只是让我忽略了沿途中可能发生的一切。也许我可以找到一块跳板，一条捷径，让我能够早些到达那座城堡。而此前我只是盲目奔跑，从未寻找过其他任何可能。

P改变了我的生活。而我发现自己竟然允许并开始享受着这种改变。他搬进了我的公寓，也一同搬进了我的生活。单调的主音阶开始有了美妙的和弦。我们的喜好慢慢交汇、融合，当他对拉斐尔前派和大卫·鲍伊的歌曲如数家珍的时候，我也习惯于在奇幻桌面游戏里以角色复杂晦涩的姓名而不是纸牌颜色相称——顺便说一句，我总是赢。

在我们相恋那一年的圣诞节，我去了P姐姐在伦敦的家。我记得光头意大利厨师做的希腊风格的鱼，因为波兰的圣诞习俗不能吃肉。而婚后那一年的圣诞节，我们则去了波兰，和整整一大家子的人围绕在巨大的圆桌边用最传统的方式庆祝圣诞。

我如愿以偿。

有一次去波兰的时候正是夏天，我的生日。

P的家人和那天到来的所有亲友，一人送了我一枝红玫瑰。当P最终捧着一大束红玫瑰出场的时候，我已经泣不成声。在我的记忆中，我的家人从未大张旗鼓地庆祝过我的生日，而那曾经却是一个渴望家庭和睦的小女孩心中最为大胆的梦想。她也一并希望，有朝一日可以拥有一个属于自己的大家庭，而在此之后的每一天，她的家人都可以坐下来，在同一张桌子上一起吃饭。

所以她从不介意烹饪。

我无法忘记那个夏天。还有接下来的夏天，再一个夏天。和P在一起之后，几乎每年夏天我们都会去波兰，享受葡萄架下的阴凉，苹果树的茂盛，公公酿的樱桃酒和婆婆的拿手好菜。

我们如胶似漆。我们从不分离。偶尔当我独自回国或出差的时候，P在社交网络上哀号我为什么还不回来，总是惹来友人善意的嘲笑。他们说这一切都会过去，他们说我们很快就会彼此厌烦。

但是如今七年已经过去，P与我，恍若初见。

一切回到当初那个夜晚，就像情歌里唱的那样，朦胧月光洒落伦敦城，梅菲尔被咒符所笼罩，世界好像颠倒了过来，大街小巷铺满星光。当你转身对我微笑，一只夜莺在伯克利广场歌唱。

恒殊

于伦敦

上帝的礼物

God's gift

文 / 曹小优

上帝的珠宝洒落一地，于是我看到漫天繁星，和你的眼睛。

深夜十二点的横滨，白色的船只安静地依偎在海港，我在你身旁。

远处霓虹眯眼，摩天轮张嘴打哈欠，熙攘的人群中，寒风让我裹紧衣领，你一言不发，是寒冷的缘故吗，竟然双手抖个不停。

风停了。我靠近你，心跳和你的屏息凝视混为一谈，你欲言又止地张开嘴，叫完我的名字，随着钻戒和鲜花的靠前，一步后退，随后又诚恳地曲下半条腿——似曾相识的场景，在童话里。拉开门，王子和公主走向盛放蔷薇的未来。

我在唯一的一盏路灯下，捕捉这个场景的意义，和你认真过度的表情，就算不必把我的惊讶剪下来镶进历史的褶皱里，也能在每个难已入眠的夜晚，轻而易举地回想起这一刻，汹涌得快要将心脏冲刷得透明的心情。

早该察觉你这夜琐碎的精心。

穿了量身定制的西装，不断用后视镜检查头发，预约的餐厅太安静，看完夜景我说回家，你却一言不发地把车开到横滨的海边。穿过我最爱的Rainbow Bridge，哪怕是你平时一直抱怨太堵车的路线。

而此刻眼前的你，将我盯死在你眼里的真诚里。一定是星光太耀眼，要不怎么会鼻腔发酸，眼睛湿润得像刚刚下过一场毛毛雨。

先是右手的指尖微微前倾，碰到了一片花瓣。然后触到了整捧花束，十二点的钟声在头顶敲响。你一跃而起，我将它握紧手中，左手的无名指上就被套上了刚摘的星星。这个瞬间，竟从远处传来一阵噼里啪啦鼓掌的声音，骗人吧，要不就是岛国人太煽情。

第一次看到你，是我先触碰到类似于命运的东西。

侧脸的轮廓像是写进了命运的脉搏，随着你的每一次呼吸，贯穿我左心房的频率。乌云散开来，在你的眼中捕捉一群放飞的白鸽，“喜欢”大概上辈子与你同名，你叫住我，远方就散开缤纷的烟火。

彼时你我都还是学生，恰巧还多了个异国之恋的身份。你是地地道道的东京人，就将江户的地图刻在胸口掌心，变着戏法带我在大街小巷游荡。第一次约会是四年前的圣诞夜，东京铁塔变身丘比特，传说一起看过塔中闪亮的爱心的情侣，就能永远在一起。无非是类似于都市传说类的小把戏，却当真为此一路走到了六本木。都说了，这时候人都甘愿沉迷这样的不清醒。

天气太冷，于是你买了一盒关东煮，我馋得不行，充满乞求地望向你，你看看我，终于把碗递到我手里说："你可以喝汤。"气急败坏的我差点把你往马路中心推去。最终还是多亏我的温柔，"女孩因争夺关东煮谋杀男友"的新闻没能登上报纸，你也保留了一条性命。

交往时你的第一个生日，想要给你惊喜，于是瞒着你，提上蛋糕到你学校去。

穿了你喜欢的连衣裙，涂了你喜欢的唇膏，在食堂叫住了正和朋友说话的你，你却掉头就跑。我们之间究竟是谁先开始追逐游戏，直到来到一片空地，你才停下来，劈头盖脸地问："你来干什么？"

丢下蛋糕就转身，委屈的我一边往回走一边抹眼泪。你从身后冲上来，世界被圈进你的双臂，你用额头碰着我的额头低声说对不起，天边才雨过天晴。柑橘清晰的气息从你的胸口传来，铲走我眼角的雨林。

第一次去你家，出发前换了七次衣服。

若说你的温柔来自母亲，漂亮的轮廓想必来自父亲。你的母亲做了整整一桌菜，日本女人的贤惠尽展无余。我只好卖力地吃，不能辜负盘中餐的命运。紧张得不敢去夹远处的菜，都被你看在眼里，你端起我爱的菜，恨不得整个盘子倒进我碗里，你的母亲为我夹了从来不吃的胡萝卜，你便趁所有人不注意迅速帮它们转移阵地。一顿饭吃得胆战心惊，但是还好身边始终有你。

我们一起看过德国村的灯展，泡过草津的温泉，游过深夜的车河，看过神奈川的海，吃过要付好多张福泽谕吉才能吃得到的料理，也一起在麦当劳彻夜看书复习，分吃一块过期三天的吐司，计较拉面里唯一一块叉烧肉谁要吃几分之几。

转眼才发现，异国他乡的这些日子里，身边时刻都有你，始终都有你。朋友问起我，就没有设想过和你之外的人在一起生活吗，我想想，摇头说："其实不是的。"

最严重的一次争吵，发生在你刚进公司，而我正在找工作时。新人研修的苦闷，上司的凶残，以及同期的傲慢，从不多言他人是非的你，也只是将一切都无声地吞下去。而我经历着面试官的重重拷问，不断打开"抱歉您没有符合"的信件，自信心被歼灭的同时，毕业论文的浪潮将我冲得四脚朝天。忙得不可开交的两人已经没有余力去自我鼓励，见面便只剩无休止的争吵和冷战。

"我们大概坚持不下去了。"我对友人说。她一言不发，只是摸摸流泪的我握紧的手。

于是花了足够多的时间来企图驱逐。把你。从心底。

然而，在晚上睡觉之前的时间里，清晨睁开眼的第一个瞬间里，独自坐公车看窗外风景的片刻里，和朋友大笑过后的沉默里，听一首歌泪流不止的悲伤里，华灯初上的街道上，耀目的繁华里。都只想到你。说过的话。唱过的歌。给过的承诺。呼吸过的呼吸。

世界就瞬间安静。

纷争也没有。痛苦也没有。委屈也没有。愤怒也没有。

推翻所有人的假设，反驳所有人的指责。

以"不"为开端的词语通通消失在比远更远的海岸线，对你，我却总在喜欢和很喜欢之间保持右倾。

再见面，偶尔还是会生气，会挑食，或是过分沉迷某个男明星。只是后来的聚会上，偶然听到你的朋友说起，你在涉谷遇到我迷恋的男明星，礼貌地对他鞠躬说："对不起打扰一下，我的女友非常非常地喜欢你，希望你工作继续加油。"

这件事情你从未在我面前提起过，在我笑得一脸花枝乱颤的时候跟着莫名地开心，却还要故意板着脸敲我的头说："喂，给我适可而止。"

从回忆里转身，才意识到有什么在空气中燃烧。几米之外的天空绽放起朵朵烟火，而你们笼罩其中，像是收获了整条璀璨的银河。我惊讶地叫出声，你却打趣地说："那是上帝送你的礼物。而上帝送我的礼物，却是这个大惊小怪的你。"

那是我听过最动人的情话，比"把你放在眼睛里也不会痛"或者"你是我的药箱，所有病症都能治愈"更动听。我不太会做味噌汤，什么料理都要加辣椒，没有存款，也太不会家务，丢在街边就是个小破烂，却被你捧在手里抱回了家，我上辈子是做了多少好事才有了这样的幸运，我是不是恰好是上帝的邻居，而你一定是住在隔壁的天使。

烟火消失在海边，只留下一丝丝青烟仍意犹未尽。你将睡着的我塞进车里，调足暖气，盖上你的大衣。我在蒙胧之中睁开眼睛，刚好看到了专注的侧脸，像极了梦中才会出现的王子，骑士和坏蛋。

因为我任性地说："奖金没你多不开心。"就把比我多的部分都给我的男朋友；为了我要的杂志赶在我下班前跑了14个便利店的男朋友；不能亲自送我回家的晚上总是拦好计程车付好钱的男朋友；在一起第四年了，走在一起还是会心跳不止的男朋友。

在这个微小的空间里，你所给我的铺天盖地的甜蜜，最后或许只能换来，这个不算完美的我所能给你的，不太温柔的温柔。

"这样就够了吗？"是我一直想问你的。

"嫁给我吧。"你却这样回答了我。

深深地晚安

Deep night

文 / 吴忠全

前段时间人在上海，住在朋友家，某天朋友都出去了，自己坐在沙发上看了一下午的电视，觉得有些饿，便想着弄点吃的，可是冰箱里却什么都没有，就下楼穿过三条街去市场买了块牛肉回来。先把牛肉洗干净，放在锅里添水煮，煮牛肉很费时间，我倒了一杯气泡酒，靠在灶台边喝，在等待的过程中不时地用筷子去扎锅里的牛肉，就有血水从筷子孔里冒出来。差不多四十分钟过后，再也扎不出血水来了，牛肉也变成了熟透的颜色并紧实了很多。把牛肉捞出来，放进盘子里晾凉，到了手可以承受的温度时，就顺着牛肉的纹理走向，把它撕成丝状，差不多比牙签粗一点。

丝状的牛肉是用来做汤喝的，稍微在锅里炒一下，加上水和调味料烧开，出锅前再撒点葱花香菜就行了。我撕完那块牛肉后就感觉不到饿了，想着等朋友回来再做给他们喝，我把那盘牛肉放进冰箱里时就想，能够耐心地做一道很费时的菜的人，内心在那一小段时间里应该是很平静的，就想着等自己老了时，也一定要做一个平静的人，那时时光已经把所有的人生大事都包揽，也没有什么可着急的了吧？

如果我老了，若是生活在城市里的话，那我会选择一个僻静些的街区，道路不要太狭窄但也不能太宽阔，最好路边有很多显眼的指路牌和高大的树木，不能是那种老旧的充满生活气息的小区，我不想到老了还整天被居委会大妈、卖菜的小贩、邻里之间的争执所吵到。房子不用太大可最好也不会太小，要足够装下我这一生所有深爱的东西，要有音乐和酒。

我要做一个很酷的老人，穿着打扮成英国绅士的样子，出门会先整理胡须和戴正帽子，要有一根很精致的拐杖，哪怕身体并不佝偻。我会在家里播放老旧的唱片，喝一杯加冰的威士忌，读一本年轻时耐不下心读的书。我不会养花也不会养狗，年轻时不喜欢是嫌麻烦，年老了是怕它们活得比自己时间长，可能到了那时我仍旧学不会豁达，但至少要懂得不计较，不再去纠正自己人格上的缺陷，也不再去挑他人身上的毛病，我会珍视每一个新遇到的人，和有个性的年轻人交朋友，不批判也不教诲，只是欣赏他们正在做的我年轻时没有勇气做的事，我并不是在说后悔，谁的人生是完美无缺憾的呢？都是走在一条阳光充沛的路上又心心念着淋一场雨，而我要做的只是在人生收官之前，再坦然一些。

如果我老了，若是生活在乡村里的话，假如我身体还算硬朗，那我会开垦出一小片田地来，种上爱吃的水果蔬菜，从犁地到播种都要亲自完成，我要每天都来看一次它们，再看一次生命缓慢又迅速的成长过程，我会像个孩子一样欣喜它们每一天的变化，愿望是单纯的风调雨顺，那样我就能等到收获季节的喜悦，和村庄后面一整片麦子爆裂的声响。

如果我的身体不太好，那我就会每日坐在村口的大树下看风景，看一片云如何飘过头顶，看一阵风怎么拂动松林，看我年少时曾走过的那条路上是否还有人的影子，看一堵墙在岁月的侵蚀下缓缓倒塌。我应该变得很沉默，斗志随着身体一起垮掉，我不会去找村里的老人们喝茶或者下棋，然后说一些没有咸淡的话，这一辈子已经说过够多的话了，真心的，随意的，处心积虑的，侃侃而谈的，回过头去看，大多都是无用的，我不想做一个磨叽、唠叨和爱抱怨的老头，那样会让我觉得整个一生都狭隘了，都白活了，就算有人挑衅我，不够尊重我，我也只会砸吧砸吧干瘪的嘴，吐不出一句狠话，这让我想起脱毛的老狗，在风中被吹迷了眼睛。

如果我老了，身边还有爱人陪伴的话，我会感激这个世界的宽容，也会珍惜自己的运气，我想带着她住在一间靠近海边的房子里。我喜欢海，一直都喜欢，从没动摇过的喜欢，比相信爱情和命运都要坚硬，我觉得海能够承载下一生所有的柔情，也能包容下一生中全部的缺憾。

那时我的爱人也应该很老了，海风会吹在她再也舒展不开的皱纹上，假若我的爱人太过于年轻，那我是不会带她来看海的，过于年轻就不会懂得静默的意义，更不会明白两个同样苍老的人在一起时才能够拥有的默契。我会拥着我年老的爱人，坐在房门前的椅子上，让岁月继续在身旁安静地过往，她若是累了我还是会借自己的肩膀给她靠一靠，直到夕阳落入潮汐的深处，礁石在月光下也有了影子。我不再对她说我爱你，只会在一个没有星星的夜里就着一杯酒说些往事，说这些年世界的变化，世事的难料，命运的无常，和遇见她那刻秋天里的阳光，在往后的人生里久久明亮。

我希望我爱的人比我先死去，那样我就可以亲手把她埋葬，或把骨灰洒向她一生最爱的地方，那有可能是一湾湖水，也有可能是一座高山，哪怕是我没去过的地方也不必感到惊讶，能有人相伴熬过这悠长的岁月就不该再过于苛刻，作为老人最先学会的是原谅，最后学会的是坦白。

坦白地说，我是有点害怕死亡的，到老了仍旧会害怕，就如同怕黑的人永远克服不了对阳光的热爱，也如同有家的人厌倦了流浪。

我在年老的日子里，一天又一天地等待着死亡的靠近，我觉得它是离我那么地近，近到伴随着每一次呼吸和心跳，近到触手可及，像终究会遇到的情人也像高深的预谋，精算着生来的每一步，看似庞杂的出口却只有一个，但遗憾的是，我等了它那么久，却不能看清它的样子。

它会是一片黑暗还是一摊蔚蓝？是落日的背影还是黎明前的天光？是午后冗长的睡眠还是深夜里无尽的惊梦？是猛然一击的疼痛还是丝丝入扣的煎熬？是一瞬间的全然不知还是仍旧需要再走一段长长的道路，一直走进寒雾茫茫的混沌之中？

那里会有什么？会有传说中的一切吗？会有审判和刑罚吗？会有轮回和转世吗？会见到一生中先离去却又放不下的人吗？他们还好吗？他们还记得我吗？我害怕被人遗忘，可最怕的是只有我一个人，站在空空的土地上，再过一次比人世还要漫长的年月，这比什么都没有还要可怕。

如果真的什么都没有，连意识也不存在，就如同生命初始的那几年，自身根本感觉不到存在。等于把作为人的一切全部清零，归还给世界，那那么多记忆该怎么办？曾经所有心心念着不想遗忘的，用心珍藏的，不敢触碰的，通通都不重要了吗？

死亡本身是残忍的，可最残忍的是它否定了作为人一生的全部。

但又不得不面对它。

当我老了的时候，除了死亡，应该还会有不想面对的事情吧？会是自己的糟粕还是生活的窘迫，或者是不忍看到嫌弃和怜悯的目光，即便要做一个很酷的老头但也有力不从心的时候吧？也会时常感到孤独和无助吧？那还会不会哭泣呢？为了亲人爱人的离去，受到了感动和不解，被所有人簇拥和抛弃，那时的眼泪会少，也混浊了很多吧？却也愈发弥足珍贵了吧？

我想在死之前再开怀大笑一场和痛哭流涕一次，我享受大哭和大笑过后的平静，如同乌云漫过山丘时的沉着，也如苍老的身体般安然。我要把在人世间所有的情绪都梳理清晰，爱过的就是爱过，恨过的依然难忘，忘记的不打算再想起，没忘的也只能放在心里，然后安静地等待死亡的双手扼住我的喉咙，直到再也发不出声响，再也不为谁难眠。

那时的天空还会是蓝色的吗？那时的世界还会明净吗？儿时的伙伴们还活着吗？院子里的老槐树还会再长高吗？

有人会为我掉眼泪吗？我会被埋葬在哪里？陪了我一生的老怀表还没停吗？树梢上的麻雀还在叫吧？

可这一生就真的这么结束了，这个让我既欣喜又怨恨的世界再不能多看一眼了，还有些话没说完吧？

这一生，没有为世界做出更好的贡献，没有让心爱的人过上更好的生活，很抱歉。

这一生，去过很多的地方，遇见过很多的人，做了自己喜欢做的事情，也该知足。

这应该是所有人临死前都会有的两种态度吧？分不清对错，也缕不清事理，然后都要和这个世界深深地道一声，晚安。

最后一次的，晚安。

奶奶的声音

Grandma's voice

文 / 痕痕

1.

我想不起奶奶的声音了。尽管，她常对我说“倒霉”，用她的苏北口音，发音似“dao mi”，但我现在能想起来的，却是妈妈模仿奶奶说话时的口气。妈妈的性格外向，风风火火，妈妈说“dao mi”时的样子很逗趣，但我却想不起来奶奶的声音了。当她看到爸爸打我留下的伤痕，她大概有伤心，她对我说“dao mi（倒霉）”，而我听了，就像获得了安慰一样。

我去爷爷奶奶家，说起来总是“去爷爷家”，奶奶似乎一点也不重要，回忆和他们相处的时光，也总能轻易地想起爷爷的声音，爷爷的性格，甚至是爷爷掌心的温度，和他手心里的掌纹。爷爷不喜欢热闹，家里来客人时，他就独自坐在自己的卧室里，等着奶奶将饭菜送上去。他在清晨用一只电热壶煮早餐，冬天就窝在床上，搭一块木板吃饭，生活过得懒洋洋的。

奶奶以前是城建工人，听她描述好像是做铺马路一类的活儿，爷爷以前拉过黄包车，后来在自行车厂里工作，退休后，就由我小姑姑顶替他的岗位。我去过自行车的生产车间，里面弥漫了化学品的气味，机床上驾着车的零部件，浸到一池颜色古怪的水里，再拎出来，就变得闪闪发光了。

我想不起来奶奶的声音，不是因为她不说话，而是，她总是温柔和宽慰的，她常常笑，于是说话的声音就仿佛融化在了时间里。

我常和爷爷出门，小时候每天去公园，抢过爷爷的帽子，挂在树枝上，看爷爷站在树下无奈地对我生气。我爬树很在行，和小树林里的每棵树都打过交道，夏天，我们在树根底下找知了壳，秋天在藤树上荡秋千，我把鼻涕一股脑地擤在爷爷的手绢上，我们一起去菜场挑桃子，一起走过一排红砖瓦墙，我不知道里面是干什么的，只是觉得很厉害，好像走到了很远很远的地方，就像旅行一样。

而我和奶奶出门的次数不多，记得有一次，下午她带我出门，走出弄堂，到了我所知范围的最远处（现在想想，那不过也就离家一公里远的样子吧），穿过陌生的巷子，走到一户人家门前，原来是去剪头发的，不是普通的理发店，而是小圈子里才会知道的地方，那个时候，觉得奶奶还挺高级的，剪个头发都不一般。

2.

我估摸，奶奶最喜欢的人不是我，大概我是女孩的关系？有一年过年，亲戚都来爷爷家，屋里很热闹，我也从家里跑到奶奶家（其实我们是住同一个屋檐下，只是爸爸在中间砌了一堵墙，从此“分家”了），我跑到弄堂口，就看到表弟和表姐坐在奶奶家门外，每人手里拿着一只鸡腿，看到我的时候，一下子把鸡腿藏在身后，我被这个动作伤害了，于是气得掉头跑回家，为什么他们有鸡腿我没有，我记得他们还说了一句“快把鸡腿藏起来，陈佳来了”，一只鸡只有两只腿，表弟和表姐有，我没有，我伤心了。

小孩最能体察人情冷暖吧，和爷爷相处的时间最多，爷爷最喜欢我，我也就和爷爷最亲。

奶奶有一个绰号，叫“野蚂蚁”，只有爷爷这么叫，我听了很久的“野蚂蚁野蚂蚁”，也不知道是个什么意思，问爷爷他也从来不说，最后曲折地搞清楚，原来就是苏北话——孩子他妈呢，于是我也叫奶奶“野蚂蚁”，把亲戚们逗笑了，爷爷却假装气呼呼的。

家里但凡有点什么事情，亲戚们都会聚在爷爷家的小客厅里，听爷爷的意见，爷爷的苏北口音像慢悠悠的老时光，在小小的客厅里回荡。爷爷去世之后好久，一次三爷爷来奶奶家，商量什么事情，那种悠长的苏北调子，又在小客厅里弥漫开了，奶奶坐着安安静静地听，但我仿佛觉得，我们两个人都在其中暗暗捕捉着爷爷的影子，那话语间的停顿，转折，兄弟之间相似的口音，都让我们的眼底含着温热，心头藏着眷恋。甚至有一次，我在日本山梨县的一家小店里（据说是太宰治曾经住过的地方，从窗口可以望到富士山），发现店主的声音也和爷爷相似，我站在楼梯口侧耳倾听，那若即若离的熟悉感，旧时光温存而又悠长的调子扑面而来，让我的眼底发热。

对了，奶奶还带我出去过，是陪她看医生。从家里出去坐几站公交车，到新华医院，与和爷爷出去时不同，我主要是陪着奶奶，像个跟班，而和爷爷一起的话，我俩是伙伴，分不清是谁陪着谁的。

奶奶年纪大了之后，难得出门，若是叫上我一起，她的手总是紧紧地箍着我的手腕，抓得我生痛，但是又逃脱不掉。她只把我当成一个抓着的工具，就像楼梯的扶手吧，无论是抓住我的手腕，还是手臂，她都仿佛用尽了力气。

奶奶是一位贤妻良母，“性格好”是子女对她的评价。爷爷退休后，每天去公园打牌，奶奶就在家里做好一日三餐，夕阳西下，我跑到爷爷家里蹭饭，爷爷还没有回来，奶奶就叫我去路上等爷爷，从弄堂里走出去，经过菜场，有一条宽马路直通公园。我走去公园，爷爷拎着折叠椅踏着夕阳往回走，我们在半路上就能遇到，回家之后，饭菜已经摆上桌，爷爷从碗柜里找出雪碧，我们三个人就喜滋滋地开饭了。

奶奶做的红烧肉很好吃，做的生姜肚片汤很好喝，每逢清明烧的葱油豆腐也很香，但她做菜只是为了爷爷。就像我喜欢吃什么，和她说了，她也不至于特意做给我吃（我这么说，有点没良心吧？但奶奶最爱的是爷爷呀……）。

照料好爷爷的饮食起居是奶奶最重要的事，她偶尔出一次门，也还是思前想后放心不下，把晚饭都准备好了，可是汤怎么办？做好放着会凉，于是奶奶就在碗里撕了紫菜，放虾米、猪油、盐和味精，再把热水瓶放在边上。爷爷回来，一冲热水就可以喝了。就算是这样，奶奶还怕爷爷会不高兴呢。爷爷的性格古怪，他不喜欢隔壁的人家，看到奶奶和对方说话，就会拉下脸来，于是奶奶表面就不和对方说话了，但大概在心里气鼓鼓的吧。

接近元宵节，奶奶会包一种很特别的汤圆，茶褐色的，用荞麦粉做的汤圆，吃在嘴里，口感苦香，馅料也是用荞麦粉做的，用猪油将葱姜蒜炒香，加荞麦粉以虾米和盐调味，吃起来的口感酥软，有椒盐味，这股咸鲜又融合了苦香的滋味，超出了我的理解范畴，这是爷爷眷恋的“家乡味”，而我只是觉得神秘又好吃，我还想再吃，但是就没有了，奶奶盛了一大碗给爷爷，说这个是专门做给爷爷吃的。

我喜欢看奶奶熬猪油。她静静地站在楼下不开灯的灶披间里，看着锅子里的猪油慢慢地缩小，载沉载浮，猪油的香气馥郁，猪油渣焦香诱人，奶奶说“熬猪油要用小火……”咦？又或许她并没有这么对我说，我牢牢地守在锅边，窥视着锅里的猪油渣，奶奶最后总要分我几块，烫烫的猪油渣令我欢呼，但只有几块。如果妈妈熬猪油，会把所有的猪油渣都给我，但奶奶只会给几块。

近来，我发现我的相貌有受奶奶的遗传，尤其是咧开嘴大笑的时候，但莫非我性格里的那一点小气，也是遗传自奶奶？

3.

我不记得奶奶的声音。搜肠刮肚地想起了我从弄堂里搬走的前一个夜晚（爸爸买了公寓楼，而我可以拥有自己的小房间了），我和爷爷奶奶坐在楼下那个光线昏暗的灶披间里，我感觉自己仿佛变成了一个客人，我抵抗着这种感觉，努力装出轻松的样子。而爷爷也在装，他从碗柜里拿出雪碧，给我们倒上，言语停顿，笑容有些虚张声势，倒是奶奶先哭了起来，我问，奶奶你哭什么？爷爷说，那是舍不得你呀。我在这个屋檐下出生，在这个屋檐下长大，到现在，都还没有离开过爷爷奶奶呢。爷爷仿佛也要哭，我讨厌这样。连忙对奶奶说，我还要教你英文呢，以后每个星期回来看你们一次，这个碗啊，念"bowl（啵）"，我让奶奶跟着念。"嗯，发音很标准嘛！"我又逗奶奶，但奶奶有像往常那样被我逗笑吗？还是怎么哄都开心不起来了呢？我不太记得了。

寻找关于奶奶声音的记忆，首先冒出来妈妈说的"dao mi（倒霉）"，然后是爷爷的苏北方言，再然后是大姑，小姑，大伯以及其他亲戚们的嗓音，吵吵嚷嚷地在我的脑袋里回响，每个人的特征都那么鲜明，而唯独奶奶的声音隐没在记忆的背后，我想不起来。

爷爷去世后，奶奶便不再做饭，抱怨身体不好，由大姑小姑轮流照顾她。而实则，她是自暴自弃了吧？她大半辈子只给爷爷做饭，爷爷不在了，做饭还有什么意思呢。在女儿的照顾中过活的奶奶，很快便苍老下去了，话变得越来越少，也因为脑梗，渐渐吐字不清，又或者，她不愿意多说，谁知道呢。

大姑小姑为了一点小事吵架，闹得几乎决裂，奶奶叫来了大伯和我爸去做调和，一家子坐在一起，大伯先问奶奶怎么了，奶奶的脸上浮起笑容，憋了很久，吐出了两个字"淘气"，仿佛概括了所有，自己的两个年过五十的小女儿，还为了一些琐事吵架，在她的眼中可不是淘气吗？

唉，我仿佛能捕捉到一点她的声音了。

躲在爷爷背后生活的温良的奶奶，时常地沉默寡言，又能自得其乐。她搬一张小椅子坐在弄堂口晒太阳，她烧的红烧肉很好吃，荞麦粉汤圆能做出爷爷老家泰兴的正宗口味，她嫌我调皮和吵闹，又因为爷爷最喜欢我，而在爷爷去世之后，变得越来越和我亲近。

她预感到身体的衰老，于是千方百计要给我留一件首饰，看到电视里的购物直销，就让小姑打电话购买，大家劝她这都是假的，奶奶便要去外面的商场里买，她一次又一次地催我。于是我们终于又坐着公交车，去到了繁华的南京路，奶奶紧紧地箍着我的手，仿佛掐着我的骨头。而我长大了，我终于逃开了她，她只能抓着小姑，蹒跚地走进店里，问我喜欢什么。而无论走进哪一家店，凑在玻璃上仔细地看，那首饰的价格都太昂贵了，对奶奶的预算来说，像个笑话，奶奶太可怜了。我们买不起，我也不舍得花奶奶的钱，就这样，我们又回来了。奶奶说，以后就将她戴着的耳环送给我，我说好，这样就很好了。

回忆里，我想起了奶奶的哭声。

爷爷去世几年之后，有一天我在奶奶家里吃午饭，小姑也在，我轻描淡写地说了一句，昨天晚上梦到爷爷了。其实我是很想告诉奶奶，我知道我们心里都想着他。果然不出所料，这句话像平静的表面下的一颗炸弹，奶奶呜呜地哭了出来，脸颊涨得通红，皱纹都挤在一起，她已经老态龙钟，头发稀疏而苍白，早没有往年的精致。小姑埋怨地嚷嚷，妈唉！你哭什么呀！又嫌弃地推了我一下，你提什么爷爷呀。

而我现在，只能回忆起奶奶的哭声了。

那仿佛是她形象最鲜明的时刻，我们站在爷爷的墓碑前，看着爷爷的骨灰盒放入石穴，然后封上水泥，在一群亲戚的围观中，有人烧纸，有人磕头，收音机里播放着佛经的音乐，奶奶由别人搀扶着，走到爷爷的墓碑前，哭得肝肠寸断，她的声音不再隐没在时光中，周遭的一切皆暗淡无声，奶奶哭得蹲坐下来，仿佛哭光了属于一个女人的所有年华。

此后，她就这样无声地老了。

既然青春留不住

Then goodbye

文 / 林苡安

1.

生完小孩很长的一段时间里，我都爱躲在卫生间里玩手机。

一般都是淘宝，买一堆衣服，寄过来后穿不了，又怕被先生看见责怪浪费钱，便胡乱地塞进衣柜里从此遗忘。

后来，不得不接受自己75公斤不可能再穿得上漂亮衣服的事实，开始拼命地给小孩买衣服。一箱一箱从美国海淘回来的童装，给家里人撒谎说是别人送的。一会儿是同事一会儿是朋友，有时候说得人物都重了，自己转过身来吐吐舌头，幸好他们也没有发现。

反正总要找一种方法来发泄自己的情绪，不然感觉自己憋屈得快要爆炸——

不能思考，不能睡觉，不能有大段大段空白的时间来供自己读书或写作，都让我觉得自己已经玩完了。

书桌上的电脑早已被撤走，取而代之的是一堆婴儿用品。不小心碰翻暖奶器里的水和舀奶粉撒得到处都是是常有的事。想任性的手一横把这些东西全抹到地上去却还没有如此的勇气——究竟不是活在戏里的人。后面的事情不可能被剪辑掉，只能在家人的斥责声中硬着头皮把破碎的东西收拾起来，又麻烦又囧。

产后抑郁的女人从来不少，我想我就是其中一个。

2.

不是这样的，一年前不是这样的。

当我在医院里拿到检查结果时，我曾因为上面的一句“恭喜你成为准妈妈”而激动地站在走廊上哭，给先生发的告知短信最后也变成了群发。

是啊，我要当妈妈了，这是一件多么美好的事情！

哪怕后来我害喜害得严重，一天要吐好几回，我仍然觉得很美好。

怀孕一个月就穿上了防辐射服，坐车也穿逛街也穿，明知电视台曝光过防辐射服根本起不了任何作用还是要穿。好像它不是一件衣服而是一顶皇冠；遇到同样挺着大肚子的女人，彼此都像是地下党员对上了暗号那样会心一笑；遇到抱着小孩的母亲，都会主动上前去攀谈听听她的育儿经（然后在转身后对先生说我们的小孩应该更加可爱吧）；遇到不愿意生养的女人，都会苦口婆心地劝说好久，“人怎么可以没有孩子呢？那是你生命的延续啊！再说了，养儿防老。当你老了，看见身边的朋友们都儿孙满堂，那个时候你才知道什么叫作孤独！”说得我好像经历过似的。

吃再多的甜点也不用担心胖了以后会被人嫌弃，无所事事地同一群老头老太太坐在药房门口的椅子上也不觉得虚度光阴。拖稿可以跟编辑说最近身体不适，坐公车的黄位子也再不用做贼似的东张西望看见老弱病残孕及抱小孩的乘客就逃跑。

这真是人生中最肆无忌惮的一段时光，真想学着日本电影里的人那样仰着头背着手说“いいね~”。

反正很幸福就对了。

3.

现在回想起来，好像所有的幸福都是幻觉。那不过是一场长达十个月的末日狂欢。随着三月里的某个黄昏她以吸吮手指的娇憨姿态出现，狂欢结束。

少女时代落幕。享乐接近尾声。剩下的只有每日凌晨她准时醒来的啼哭声。

抱着她在漆黑的屋里来回走，手掌机械式地轻轻拍打她的背。窗外的月光把她的眼窝照得又大又深，突然觉得她的样子好可怕，一刹那竟以为她是被鬼娃娃花子附了身，用这样天天吵夜的方式来折磨我。

好像已经过了一个世纪那么久，她终于安静下来。

房间散发着幽蓝色的光，夜晚恢复它本来的面目。庆幸今日的哭战又被我坚强地挺了过去。

会慢慢好起来的，医生说过，刚出生的婴儿都有这么一段日夜颠倒的生活。我安慰自己道，这是每个母亲必经的过程。

蹑手蹑脚地把她放回小床上，这下终于轮到自己休息。

先生这时打起了鼾……

真想去死。

4.

长期的失眠让我的神经濒临崩溃。灵魂和灵感像是被医生连同孩子一块儿从肚子里剥离，徒留一副麻木不仁的身体。

棉布条纹连衣裙、系鞋带的牛皮鞋、情节缓慢的电影、过于密集的文字，所有曾经让我着迷的带着文艺标签的事物，都让我感到力不从心。

用网络上的一句流行语来说就是——“感觉再也不会爱了”。

和朋友去看舞台剧《猫》妄图找回原来的自己。用旧爱来唤起我对艺术的渴求与热情。可是演出结束，台下掌声雷动，朋友甚至感动得胸口此起彼伏。唯有我，被这样一个热闹的世界抛弃。

回不去了。

唯一能接受的是韩剧。对相貌英俊的男主角和灰姑娘式的情节深深着迷。也许知道自己再也无法拥有这一切所以只好沉溺在虚幻的理想主义世界中无法自拔疯狂意淫。

随时都在用手机看，上厕所也看，吃饭也看，喂奶也看。一部接一部，根本停不下来（真该去给那口香糖做广告）。

喂奶时把手机立在桌上，小孩听到声音也拧过头来好奇地盯着屏幕。只要她不吵闹如何都依她。

那就一起看好了。以为终于找到了一种和谐的相处方式。

5.

曾经赌咒发誓自己会做一个好母亲。

“我会耐心地教导她，让她成为一个优秀的人。”总是对别人这么说。教育孩子的理论也是一套又一套，恨不得去做老师，把全天下的熊孩子全部调教成品学兼优的好学生。

这种盲目的自信我也不知道是从哪里来的。也许仅仅因为我看到可爱的孩子就想抱抱亲亲，总铆着朋友把孩子借我实习当母亲。

我从一开始就对孩子有着错误的定位。我只是把他们当玩具。

不好玩，一点都不好玩。这个活生生的玩具再怎么让你闹心都不能退货点差评。没有人能对你的决定负责，这是一锤子的买卖。

当我意识到这一点时已经太晚了。儿保医生说：“孩子的眼睛散光，一定是家里的灯开太亮了。”

我没有接话。这一切都是我造成的，我竟然让她陪着我看手机。

我和那些不负责任的父母没两样，为了自己的快活故意忽视孩子的成长。

我慢慢回过神来。

我为什么硬要回到过去？我不过是贪恋青春岁月里那些被梦想矫情掩饰过的欲望，及贪图花样年华里那些以爱情之名放纵过的鱼水之欢。

我应该学着适应现在的新角色才对啊。我是一位母亲。

开始花时间陪她玩耍。带她去街心花园接触其他的小朋友，带她去排队坐摇摇车，带她去菜市场看鱼，带她去参加社区举办的婴儿爬行比赛。收起平日里漫不经心的处事风格，像个和善健谈的胖女人一样跟同是带小孩来的母亲想方设法的透露自家的小孩是天才的蛛丝马迹。常被人误以为是全职太太，被邀请一起去抢购超市的打折用品和参加儿童摄影的团购活动。穿宽松的大T恤，头发好几天不洗也没关系，没有人注意到我，和孩子的纯真无邪比起来，所有的修饰都显得多余。她便是我最好的修饰——无论何时出门都把她打扮得像公主，一路上都有人对她侧目。“真可爱啊。”听见这样的夸赞我很有成就感，是比听见别人夸自己更加地高兴。

好像她就是我，我就是她。

妈妈曾经说：“死了也不要紧，你替我活着呢。”

当时觉得她好夸张，现在才明白，那不过是一种安心。

我的血液仍然在这个世界潺潺流动着。我的血液里藏匿着我不死的精神。

6.

她开始只爱我。因为我对她格外地宠爱。

只要有我在，我永远是她不二的选择。吃饭、睡觉、上街，只能由我带着。出门坚决不坐推车，哭着向我伸出双手。家人都阻止说：“不能太将就，以后有得你辛苦。”但一看到她渴望巴巴的眼神又心软，只要她开心就好，我真的都无所谓。把她抱起来的一瞬间她把头靠在我的肩膀上隐隐抽泣，好像是在委屈地责怪我怎么才来。很依赖很依赖我的样子。我从未被这样需要过，突然感到很满足。

这种满足是任何事情都替代不了的，像在内心最柔软的地方开出一朵明媚的花。

整个宇宙都被照亮了。

真不敢想象我产假用完回去工作了她要怎么办。

应该是我要怎么办？我会想死她的。

不能辞职。还不到享受天伦之乐的时候。我需要挣更多的钱让她过更好的生活。

所有以前在朋友面前说女人不能只围绕着小孩打转，必须得有自己的事业才能拥有尊严都是在大放厥词。我不过是吃不到葡萄说葡萄酸。先生是老实本分的工薪阶层，有房贷要还，有车要养，我自然没有做一个全职太太的资本。

能陪伴孩子长大是多么幸运的事啊，谁还会去嫌弃？

7.

想尽各种办法拖延回去上班的时间，但所有的挣扎都是负隅顽抗，该来的总会来。

清晨离开时，都要躲着她，不然她会撵路，到了楼下还能听见她的哭声，简直有点撕心裂肺。一有空就逃班回家看她，如果她正好在楼下玩耍，看见我的意外出现会尖叫着向我奔来，走路还不稳，途中不小心摔一跤也没关系，爬起来继续摇摇晃晃地以“奔”的姿态靠近我。直到她一岁零三个月的时候，有一天听见我进屋唤她的声音，原本躺在床上被奶奶哄着午休的她，突然坐起来，叫道：“妈妈？”

这是她第一次叫妈妈，我听得很清楚。

妈妈……

好好啊！

这种感觉就像，第一次被告白？被求婚？不，还差点什么。

未曾经历过的人，任凭我怎样去形容也是无法完全感受的吧。

抱她起来使劲亲，说：“再叫一次，再叫一次妈妈。”她眉毛一挑，说：“爸爸。”

学会调皮了。她长大了。

8.

她长大就意味着我在老去。

以前很害怕老去。害怕眼角的鱼尾纹和松弛的皮肤在我身上像墙壁上的蔓藤一样逐渐蔓延。“年老色衰”这四个字听起来都像一场空前绝后的灾难。还不如在最风光的时候死去，把漂亮的容颜及清朗的笑声都镌刻成永恒。

现在想起来多么幼稚啊，简直就是一个典型的文青在无病呻吟。生命本身就是无与伦比的美丽的，只要活着，不管你是山林的野草，还是温室的花朵，都是在经久不衰的绽放着直到下辈子的太阳照样升起。

既然青春留不住也没关系，至少，你还能在青春里留下一个孩子。

你将陪她一起度过她的也是属于你的下一个青春期。

到时你会用酸溜溜地语气说：“那个爱打棒球的小伙子和你老妈的初恋情人差远啦。你老妈的初恋情人叫“流川枫”，长得像宋钟基。”

P.s.：我后来瘦了，55公斤。

（完）

初稿：2014年7月7日星期一

于成都幸福梅林

·时光机·

爱礼丝

i

最世文化副总 / 作家　照片年龄：7岁　自我介绍：从小就是大长腿

小时候从没有认真思考过父母想要我变成什么样，想得更多的是自己要成为怎样的人。长大以后才发觉能够这样长大的我是多么幸运，因为父母从没有将他们的期待强加于我，而是给我足够的自由空间。我曾问过父亲，你期待我成为什么样的人？父亲反问我，期待什么呢？我期待什么，你就能变成那样吗？那一刻我突然有些懂他了，当年轻的他被冠上父亲的头衔，并不是从来没对怀中与他血缘相连的孩子抱有过期待。他在脑海中描画了许多未来，憧憬了无数画面。然而他终究发出低低的叹息，将绘出未来的笔放入了那只小小的手中，就这样轻轻地扶握着那只小手，微笑着，一步步走到白发苍苍……

痕痕

i

最世文化文字总监　照片年龄：3岁　自我介绍：我感觉那个时候就很懂事了

我想说，比这个再小一点的时候（家里相册找不到了，只能拿这张来凑数），我的脑中就有执着的“想吃点什么”的念头。我想吃小白兔泡泡糖，就在爸妈带我出去玩，我坐在爸爸的自行车前杠上的时候，默念“我想吃小白兔泡泡糖”，结果那天晚上，玩游艺机中奖，奖品就是“小白兔泡泡糖”。归来的途中，夜色在我的耳旁流过，我嚼着留兰香的泡泡糖，觉得人生就是这么地不可思议……

王小立

i

作家 / 漫画家　照片年龄：4岁　自我介绍：从小眼神就放空到天际

这张照片是小时候和我表哥一起去上海动物园的留影。嗯。虽然我的表情非常严肃深邃。但和我旁边那个晓得看镜头的表哥相比，显然人是不在状态……而[不在状态]对（小时候的）我而言似乎是一种常态。证据是我小时候的很多照片，基本都是一副眼神游离，没看镜头的鬼样子。让人搞不懂照片里的小孩到底在看什么想什么。不过经过本人面朝照片地努力回想之后，我觉得自己当时应该是什么都没在看没在想吧……（因为真的是什么都想不起来……）

野象小姐

i

自由职业者 / 作家　照片年龄：6岁　自我介绍：一个大暴雨、星空糖共存的姑娘

我妈妈喜欢红色，加上我气血很足，脸一向红扑扑肉墩墩的。于是红皮鞋、红衣裤、红头花成了我的标配，走在路上就是一红孩儿，或者火娃。过年的时候，每个大人吧唧亲我一口，再寒暄；或者狂捏狂揉，弄得我很反感。好处是，得到的红包最多。我很高兴能买小卖部中贵的蜘蛛炮、干脆面给大家分享。虽然我在小孩中最富有，但我仍旧平易近人，像照片中一样流露童叟无欺的表情。我爸说，如果能让大家一见你就开心，这可是天赋。新一年，希望自己能继续自带正能量旋涡（卷走红包哈哈哈）。

冯天

i

作家　照片年龄：5岁　自我介绍：抬头纹跟了我一辈子

你在外的那几年，给我寄了几件新衣服，每件都有口袋，有时候我把米饭漏在里面，大人就会来调侃我："是不是留到过年，给你妈妈回来吃的？"过年时你回来了，还没来得及跟你亲热，你就被拉上了牌桌。大人给我们照相，黏在你身边的我，露出那么不情愿的表情，其实心里啊，开心极了。

陈楸帆

i

诺亦腾科技有限公司VP / 作家　照片年龄：10岁　自我介绍：业余科幻作者

小时候其实爸妈对我没有什么期望，也没有什么具体要求，一切都是随着我兴趣而来，看什么书，玩什么游戏，或者上什么学校，都是顺其自然。当然我自己最喜欢的就是科幻小说，最想成为的人其实是宇航员，或者进联合国啦，结果一个都没有实现，只能在小说里YY啦。

刘麦加

i

作家 / 国企员工　照片年龄：3岁　自我介绍：二次元宅女

因为爸爸是空军的缘故，所以童年是在东北的军区大院里度过的。三岁的时候进过战斗机的驾驶舱，四岁的时候就坐着直升飞机飞过了大兴安岭。直到现在都还对自由有所坚持，大概是因为从小就骑在了爸爸的肩膀上看到过最美的天空吧。

·时光机·

幽草

i

作家 / 现代炼金士　照片年龄：10岁　自我介绍：现无职。正在钻研炼金术的学问

跨入千禧年的晚上是在武汉龟山电视塔的空中旋转餐厅里过的，兴奋感比成年后去日本的东京塔时强烈得多。第一次站在那么高的地方，胸前挂着玩具望远镜，远眺长江如一条带子。那个晚上我决定了，“将来要成为飞行员”。

摄影

胡小西

012~021/026/028~035/045/050~053/056/090~099/104~111/114/120~123/134/146~161

Fredie.L

001~003/022~025/038~043/046~049/055/062/063/073/087~089/102/103/124~133/162~185/218/230~232

宇华

010/027/036/037/044/058~061/064~072/074/076~081/100/118/119/136~145

徐徵明

082/083/112

lesliemint

084~086

ZUI Silence
Zestful Unique Ideal

爱·别·离

CAST

出品人/**郭敬明**　选题策划/**金丽红　黎波**

项目统筹/**阿亮　痕痕**　设计总监/**胡小西**
装帧设计/ZUI Factor [www.zuifactor.com]　设计师/**胡小西**
责任编辑/**赵萌**　助理编辑/**孙鹤**　特约编辑/三禾　文案/**陈奕潞　李茜**
责任印制/**张志杰**　媒体运营/**李楚翘　杨帆**

特别鸣谢/**郭敬明　恒殊　曹小优　吴忠全　痕痕　林苡安　李茜　陈奕潞**
爱礼丝　王小立　野象小姐　冯天　陈楸帆　刘麦加　幽草
胡小西　Fredie.L　宇华　徐徽明　lesliemint

出版社/**长江文艺出版社**
出品/**上海最世文化发展有限公司**
官方网站/www.zuibook.com

平台支持

最小说

ZUI Factor

图书在版编目（CIP）数据

爱·别·离/郭敬明主编.--武汉：长江文艺出版社，2015.10
ISBN 978-7-5354-8114-6

I.①爱… II.①郭… III.①散文集-中国-当代IV．①I267

中国版本图书馆CIP数据核字（2015）第143504号

爱·别·离 郭敬明 主编

选题产品策划生产机构 | 北京长江新世纪文化传媒有限公司 & 上海最世文化发展有限公司

出 品 人 | 郭敬明
选题策划 | 金丽红 黎 波
项目统筹 | 阿 亮 痕 痕
媒体运营 | 李楚翘 杨 帆

责任编辑 | 赵 萌
助理编辑 | 孙 鹤
特约编辑 | 三 禾
责任印制 | 张志杰

装帧设计 | ZUI Factor
封面摄影 | 宇 华
设 计 师 | 胡小西
内页设计 | 胡小西

总 发 行 | 北京长江新世纪文化传媒有限公司
电　　话 | 010-58678881　　传真 | 010-58677346
地　　址 | 北京市朝阳区曙光西里甲6号时间国际大厦A座1905室　　邮编 | 100028

出版 | 长江出版传媒 | 长江文艺出版社
地址 | 湖北省武汉市雄楚大街268号湖北出版文化城B座9-11楼　　邮编 | 430070
印刷 | 北京尚唐印刷包装有限公司
开本 | 787×1092毫米 1/16　　印张 | 14.5
版次 | 2015年10月第1版　　印次 | 2015年10月第1次印刷
字数 | 130千字
定价 | 42.80元